AF312982

DU

THÉATRE.

« Je sais qu'il est indubitable
» Que pour former œuvre parfait,
» Il faudrait se donner au diable,
» Et c'est ce que je n'ai pas fait. »

PAR M. D****-L******.

Se vend à PARIS,

Chez PONTHIEU, Libraire, Palais Royal.
ET chez les Marchands de Nouveautés.

ET à TOULOUSE,

Chez DAGALIER, Libraire, rue de la Pomme, N.° 71.
ET chez les Marchands de Nouveautés.

1827.

THÉATRE.

« Je sais qu'il est indubitable
» Que pour former œuvre parfait,
» Il faudrait se donner au diable,
» Et c'est ce que je n'ai pas fait. »

On a publié un grand nombre d'ouvrages sur la décadence des théâtres et sur les moyens de les relever. Les réflexions que nous pourrons faire n'apprendront rien de nouveau; cependant tout ce qui peut émouvoir, élever, agrandir les ames, est devenu tellement un objet de haine pour la faction qui depuis quelques années veut envahir la France, qu'il ne sera pas inutile, nous le pensons, de traiter encore ce sujet, surtout dans une ville pour laquelle les lettres et les arts ne sont pas seulement une décoration brillante.

Quoique l'usage ait pour ainsi dire forcé de distinguer les arts agréables d'avec les arts utiles, il ne faut pas regarder les premiers comme dépourvus de de toute utilité, au contraire, il n'en est pas dont l'utilité soit plus incontestable. Tout ce qu'on peut alléguer en diminution (t de leur utilité, c'est qu'elle

se borne au plaisir présent ; *les arts d'agrément ten-*
dent, dit-on, *à satisfaire le besoin d'amusement, &*
mais ils sont nuls pour tous les autres besoins de
l'homme ; sans aucune valeur pour ceux qu'ils n'a-
musent pas, ils n'ont de prix que pour ceux qu'ils
amusent.

C'est bien là, il est vrai, tout ce qu'on peut assigner
en diminution de leur utilité, néanmoins les arts et les
sciences d'agrément au nombre desquels se présentent
en premier rang la poésie, la musique et l'art dramatique, comme emplois innocens du loisir, ont une
utilité morale qui, pour être un peu cachée, n'en est
pas moins réelle ni moins importante ; ils combat-
tent des goûts dangereux, et à mesure qu'ils prévalent
ils remplacent les inclinations malfaisantes, les passions nuisibles qui naissent du désœuvrement et de l'ennui ; c'est un heureux antidote contre l'intempérance,
la médisance et les jeux de hasard ; c'est un moyen
indirect dans les grandes villes de prévenir un grand
nombre de délits.

Voyez dans Tacite les effets de l'oisiveté chez les
Germains ; ses observations s'appliquent à toutes les
peuplades sauvages. Les hommes se fesaient la guerre
à défaut d'autre occupation, c'était un divertissement
plus animé que la chasse. Un chef qui projetait une
expédition guerrière, au premier son de la trompette
rangeait sous ses drapeaux une foule d'oisifs pour
qui la paix était un état forcé de langueur et d'ennui ;
la gloire n'avait qu'un objet ; l'opulence ne connais-
sait que le luxe guerrier ; il fallait avoir des combats

à livrer ou à raconter. Les femmes même, dans l'ignorance des arts agréables qui multiplient le moyen de plaire et prolongent le charme de la beauté, devenaient les rivales des hommes pour le courage et s'endurcissaient avec eux dans le tumulte farouche d'une vie toute belliqueuse.

Ce parti d'opposition qui existe de nos jours pour la guerre, c'est aux beaux arts que nous le devons; ils l'ont créé en fournissant des occupations et des plaisirs qui font aimer la paix. Les arts agréables ont pour ainsi dire enrôlé sous leurs paisibles enseignes une armée d'oisifs qui, sans cela, n'auraient eu d'autres amusemens que les jeux sanglans de la guerre.

Voilà le genre d'utilité qui appartient en commun à tous les arts agréables; raison unique, mais raison suffisante pour souhaiter de les voir indistinctement fleurir et se répandre.

Mais qui ne serait pas frappé de ce système déplorable ou funeste qui d'une main fatale, comme l'a dit un membre de l'opposition [2], porte la stérilité et la dévastation dans un champ autrefois si fécond et si florissant, qui s'efforce d'exclure de nos écoles les études historiques [3]; que sous le prétexte d'écarter tout ce qui peut agir trop fortement sur des imaginations vives, éloigne en même temps d'elles tout ce qui serait propre à leur donner une direction généreuse et patriotique.

Cependant nous ne suivrons pas ce système dans ses replis; tel n'est pas notre but, il est donné à des plumes plus éloquentes de le combattre sous toutes ses faces. Mais frappé de ce qui se passe sous nos yeux depuis quelques années contre le théâtre de notre ville, nous nous bornerons dans cet opuscule à traiter ce qui lui est particulier, à lui faire l'application des généralités que nous avons d'abord posées, et celles que nous pourrions encore nous permettre.

Nous risquons, il est vrai, en n'écrivant que quelques pages, le reproche banal d'auteur de pamphlets (4, mais nous en acceptons toutes les conséquences. Avant tout, nous voulons être lus, et pour ce titre de *pamphletaires* tous les bons citoyens devraient le mériter en écrivant contre les abus de l'administration publique et l'obscure tyrannie qui menace nos plaisirs comme nos plus chères institutions ; les jeunes écrivains surtout devraient imiter le courageux dévouement à l'intérêt public que montrent les grands écrivains. Il n'est pas nécessaire d'être savant pour signaler ces abus nombreux qui refluent de la capitale dans les provinces parce qu'ils n'y rencontrent pas cette utile publicité qui les combat (5.

Nous savons bien que les vérités importunes que nous publions souleveront contre nous des animosités, mais nous les regardons comme honorables : il y a certaines gens dont l'estime est à charge ; d'ailleurs, quelle plus douce récompense que le but d'utilité publique qui conduit notre plume ? Nous ne parlons pas des mécontentemens d'un ordre inférieur auxquels nous ne répondrons jamais que par le mépris qu'inspire à tous les gens de bien la source dont ils partent.

Il y avait deux moyens à employer pour les hommes qui veulent tout détruire , d'éteindre l'art dramatique, c'était de s'emparer de tous les théâtres, d'en faire le monopole de *l'obscurantisme* , ou bien d'abandonner à l'ignorance , à la cupidité et à la mauvaise foi des entrepreneurs cette portion de la gloire française. Afin de n'être pas embarrassé dans le choix, l'un et l'autre paraissent avoir été adoptés. L'ordonnance du 8 décembre 1824 (6 sur les entreprises dramatiques et celle sur la censure des pièces de théâtre, ont su tout concilier.

Ainsi , sans vouloir pénétrer dans le labyrinthe de la singulière législation des théâtres , nous dirons : l'art dramatique en France est devenu une spéculation commerciale. Tout individu qui présente aujourd'hui une garantie politique *telle qu'on la désire*, peut se présenter et obtenir le privilège de l'exploitation de nos plaisirs ; *il a carte blanche* pourvu cependant que le choix du répertoire de son théâtre soit soumis à cette censure (7 qui veut bien permettre le mot *empereur* au milieu , mais non à la fin d'un vers, qui exile les mots de *patrie* et de *liberté* de toutes les scènes où ils se trouvent, permet et nous pourrons dire favorise ces représentations qui sur les théâtres populaires offrent à la foule qui s'y précipite des tableaux où le vol et l'assassinat sont le texte du drame dont les héros sont des voleurs et des assassins.

Mais venons aux applications de ce système sur le théâtre de Toulouse. Depuis quelques années ce

théâtre est, ce semble, abandonné tout à fait à l'incurie et aux désordres de ses directeurs. L'appui de
l'autorité ne s'est montrée nulle part, et si elle a paru
quelquefois ce n'est que par la crainte de plus grands
désordres et pour faire fermer la salle. La police
n'a été éveillée que par les décrets de la justice
qu'elle eût dû provoquer (8.

Sans remonter plus haut, que n'a pas fait le sieur
David en *chorague* (9 du 13.me siècle pour ramener
les *histrions* sur notre scène. Il est vrai qu'il en
avait, dit-on, le mandat direct, et la protection ap-
parente dont il a joui ici même en manquant à ses
engagemens avec ses pensionnaires, en serait une
preuve suffisante si j d'ailleurs nous n'avions à cét
égard des données positives.

Un citoyen de notre ville après lui, a obtenu le
privilège de la direction de notre théâtre, et tout en
nous proposant de lui faire une part dans les reproches et les plaintes du public, en ce moment nous
devons néanmoins lui rendre la justice qui lui est due
relativement à ses premières et louables intentions;
nul doute même que s'il eût trouvé l'appui qu'il méri-
tait, notre théâtre n'eût bientôt pris le rang honorable
qui convient à une cité aussi populeuse et amie des
arts que la ville de Toulouse. Mais les efforts et les
bonnes intentions de ce Directeur ont dû nécessairement échouer, comme on l'a dit fort spirituellement
devant cette malveillance *machiavelique* devenue
aujourd'hui synonime de fausseté, de noirceur, de
vengeance et de perfidie, et qui sous ce rapport le
dispute au *jésuitisme*.

(7)

Quand Monsieur Martin prit le timon des affaires
du théâtre, le désordre était complet ; presque tous
les acteurs distingués avaient quitté Toulouse ou y
étaient encore sans ressource ; il fallut leur faire beaucoup d'avances pour les rappeler ou les décider à faire
partie de la nouvelle troupe. Grâces à son zèle actif,
à ses sacrifices et à la garantie que présentait au public ce Directeur, la confiance se rétablit et bientôt
le théâtre fut ouvert de nouveau sous les meilleurs
auspices. M. Martin avait demandé l'indulgence pour
la première année de son privilège ; il devait l'obtenir et elle lui fut généreusement accordée.

Au tumulte des débuts de la troupe de David,
succéda le calme de la bienveillance pour ceux des
acteurs de M. Martin. L'année se passe à la satis-
faction des habitués du spectacle et de la direction.

L'année théâtrale de 1826 à 1827 suivit. Le prospectus présentait un nombreux personnel. De grandes
promesses avaient été faites par le Directeur, et il
faut encore le dire, les débuts prouvèrent qu'il avait
tenu sa parole : nous eumes à Toulouse, *tragédie,*
comédie, opéra et *vaudeville.* Il y avait de quoi
contenter tous les goûts, aussi le spectacle fut-il
fréquenté autant qu'il pouvait l'être. Nous vîmes re-
présenter plusieurs des nombreux chef-d'œuvre dont
notre scène dramatique est si richement dotée. Notre
parterre, composé en grande partie de la jeunesse de
nos facultés, put tressaillir de plaisir et d'admiration
en entendant les beaux vers de *Corneille,* de *Racine*
et de *Voltaire.* On joua le Tartuffe, pièce de mode.

La caisse de la direction s'en trouva bien et nos faux dévots mal.

Nos dilettanti ([10] purent jouir de quelques bons opéras. On monta même dans ce genre plusieurs nouveautés de bon goût.

L'humanité commandait des secours pour un peuple de chrétiens qui tombe mais tombe libre sous la hâche du despotisme. Le Directeur du théâtre ouvrit la salle, et les amis des beaux arts portèrent leur offrande à la patrie des Grecs qui nous les a transmis. Un concert d'amateurs, d'artistes, de femmes belles, aimables autant que généreuses, fut donné au profit de nos frères d'Orient.

Cependant la direction supportait sans se plaindre de nombreuses charges. En outre de la solde d'une troupe très-nombreuse, puisque le personnel du théâtre offrait un total de 89 personnes non compris les gagistes employés au service, elle s'était montrée plus que généreuse envers la garnison déjà abonnée pour un jour de solde comme avant la révolution. M. Martin, accorda gratuitement une loge particulière aux officiers supérieurs des divers corps, et une pour le lieutenant général et son état major. Nous disons accorda, par ce que les dispositions du règlement de 1815 du ministre de l'intérieur s'y opposent formellement. L'article 27 porte : « Le spectacle n'étant point au nombre des jeux publics auxquels les fonctionnaires assistent en leur qualité, il ne doit point y avoir pour eux des places encore moins de *loges gratuites* réservées au théâtre. » (11

L'entreprise du théâtre était encore surchargée d'une grande quantité d'entrées gratuites que la loi n'autorise pas non plus, mais qu'exigent des autorités subalternes au mépris des règlemens et que les dispositions dépendantes des directeurs les condamne à subir.

De grandes dépenses avaient été également faites pour de nouveaux décors. Dans cet état de choses, M. Martin pressentant qu'il ne pouvait tenir le théâtre sur ce pied sans s'exposer à ruiner ses enfans et lui-même, et ne consultant encore que le désir de complaire à ses concitoyens, pensa que l'exemple des villes de Lyon, Lisle, Nantes, Montpellier, Versailles, Brest, etc. qui accordent une subvention de 15 à 20 mille francs à leur théâtre, pourrait être suivi par la commune de Toulouse. Notre Maire même trouva, dit-on, sa demande fondée. Cela ne doit pas étonner de la part d'un magistrat qui, depuis qu'il est à la tête de notre administration, a donné tant de gages de son amour pour les sciences et les arts, qui a mérité de ses concitoyens l'approbation de sa nomination par le ministre, et c'est là, nous le pensons, le plus beau comme le plus sincère éloge que nous puissions lui adresser.

Mais les hommes qui de leurs vœux ont appelé les jésuites et les congrégations, font-ils jamais quelque chose pour les sciences et les arts, et cette civilisation qui les presse de toutes parts, objet de leur exécration, point de mire de leurs perfides corps?

Vainement on fit valoir l'utilité d'un bon spectacle dans une ville comme Toulouse, la nécessité d'occuper une foule d'oisifs, et surtout après des journées d'études sérieuses, les soirées de cette nombreuse jeunesse de nos facultés confiés à la surveillance des magistrats auxquels les familles ont octroyé en quelque sorte sur elle le droit de paternité.

Effectivement, cela devrait être bien senti ; sans un lieu de réunion digne d'eux et de leurs familles, sans une récréation honnête, ces jeunes gens se voient exposés à fréquenter ces maisons de jeux qu'une protection occulte soustrait aux poursuites de la justice et que nous nous proposons de démasquer aux yeux de l'autorité, sans craindre, à l'exemple d'un écrivain de notre ville, les coups des *teneurs* comme on craint à Naples ceux des *Lazaroni*.

Les environs du Capitole sont entourés de ces maisons dans lesquelles les jeunes gens peuvent en peu d'heures consumer ce qui pourrait suffire à l'entretien de leurs familles pendant des années, ce qui peut encore les contraindre de faire de mauvaises actions pour remédier à leur nécessité pressante.

Mais cette jeunesse qu'ailleurs on fait sabrer, on voudrait peut-être l'entraîner dans le vice et la corrompre parce que le despotisme a bien plus de prise sur des ames corrompues que vertueuses. Ah ! qu'ils se trompent ces vendales dispersés ! la jeunesse française dans nos provinces comme au foyer de la civilisation de la vieille Europe, ne se démentira pas, et aux traits empoissonnés qu'on lui lance à défaut de charge de cavalerie, elle répondra toujours par des sentimens et une conduite digne de la nation dont elle est le plus bel espoir. Mais aussi, et comme elle l'a déclaré elle-même (12 , *elle gardera le souvenir des violences et des corruptions exercées contr'elle et les noms des instigateurs de ces violences sera gravé dans sa mémoire en caractères ineffaçables.*

Qui le croirait, on a renouvelé de nos jours contre l'art dramatique les mêmes reproches que l'on fesait il y a cent ans contre l'établissement du théâtre français. C'est toujours dans le passé que les ennemis de la civilisation prennent leur argument.

La religion surtout se trouve choquée, dit-on, de l'établissement de nos théâtres, et c'est pécher que d'aller au spectacle. Cependant à qui devons-nous en France l'établissement de nos théâtres ? faudra-t-il le redire sans cesse, prenons donc *l'opinion infaillible d'un Pape* sur ce sujet d'intérêt général

« La seule église gallicane proscrit les comédiens. Quand le goût des représentations grossières était si général, qu'on les introduisait dans les couvens, jusque dans les églises et dans les cimetières ; lorsque des religieux, pour vendre les vins de la dîme louaient des bouffons, leur fesaient jouer des facéties sous les porches des monastères et se mêlaient eux-même parmi eux pour réjouir la multitude, un concile de Beziers eut sans doute raison d'interdire ce scandaleux commerce. Mais en France, dès le 14.me siécle, personne n'ignore que les spectacles ont commencé de prendre une forme décente. Ce fut un prélat qui fit cette réforme. N'est-ce pas le Cardinal. Le Moine qui acheta l'hôtel de Bourgogne pour les comédiens ? Le parlement ne confirma-t-il pas leur privilége royal à la seule condition de ne plus jouer l'Annonciation, la Conception et la naissance du Sauveur ? Ce fut un Cardinal encore, et le Cardinal Richelieu, qui fit enregistrer en 1641 une déclaration du Roi très-chrétien qui disait : *ne seront pas notés d'infamie les comédiens lorsqu'ils n'useront d'aucune parole blessant l'honnêteté publique.* Richelieu ne composa-t-il pas lui-même des fables héroïques pour ennoblir un genre de littérature qui est une des gloires de la France ? »

« En tout temps les comédiens ont fait à Paris de riches aumônes aux pauvres et aux églises ; ils ont eu long-temps une chapelle où le service divin se célébrait avec pompe. On lit dans plusieurs mémoires dignes de foi et entr'autres dans ceux du père Lebrun de l'Oratoire, qu'ayant soutenu un démêlé assez vif en 1542 avec maître René Benoit, curé de Saint-Eustache, ils en sortirent victorieux. Ce Curé prétendait qu'ils ne commençassent point leur représentation avant la fin des vêpres, attendu que quelques fidelles abandonnaient l'office. Les comédiens, qui fesaient déjà beaucoup de sacrifices pour les religieuses et les pauvres, prétendirent qu'on les ruinerait en hiver s'ils étaient obligés de donner leur spectacle aux lumières ; et le parlement intervint auprès du

Curé de Saint-Eustache pour le prier de dire ses vêpres un peu plutôt.

. . . . . . « Plus d'un théâtre porte en Italie un nom consacré dans la legende : Saint Charles protège à Naples une scène magnifique ; et l'image de Saint Augustin n'est pas nantie à Gênes d'un temple des arts que son invocation sanctifie ? Le gouverneur de Rome qui est ordinairement un évêque, a sa loge à *Argentina* ; on se souvient d'y avoir vu Benoît XIV invité par l'ambassadeur de France à entendre une cantate de Métastase en l'honneur de la naissance du Dauphin.

« Les menaces d'excommunication ne sont pas choses qu'on se refuse à Rome, puisqu'il est écrit sur les portes de la chapelle papale à Saint-Pierre, que quiconque montera sans être chantre dans la tribune destinée aux chantres sera excommunié ; mais Rome n'a jamais adopté ce rituel de Paris qui depuis 1654 sert de texte aux persécutions exercées contre les acteurs morts et les acteurs vivans. Nous sommes plus avares de damnations ; nous pensons que les anges protecteurs des hommes n'ont pas horreur d'un masque noir, que sous la pourpre royale ou la robe de l'historien, ils ne repoussent que les mauvais cœurs, et que peut-être serait-on plus heureux dès ce monde, s'il n'y avait de comédien que sur le théâtre, et si l'on ne portait de figures fausses que pour amuser les oisifs. »

Voilà comment le pape Clément XIV combat les préjugés déplorables qu'on veut ressusciter contre les spectacles. Il est vrai que ce pape crut abolir une congrégation renaissante, et qu'il fut empoisonné par elle.

Toutefois la commune de Toulouse refusa une subvention au théâtre, et le directeur donna sa démission. Notre ville allait être incontestablement privée de spectacle pendant long-temps ; il devait s'en suivre une infinité de désordres, cela lui fut inutilement représenté, elle persista dans cet espèce d'*ascétisme* (13 moderne qu'une certaine classe d'hommes professe hautement contre les sciences et les arts d'agrément, comme pour le plaisir et l'utilité qu'en retire le peuple ; et cependant ces hommes qui se sont flattés de paraître au-dessus de l'humanité, veulent être payés en réputation et en gloire de tous les sacrifices qu'ils paraissent faire à la sévérité de leurs maximes, et nous sommes certains que par le temps qui court leur ambition entre pour beaucoup dans leur conduite.

Au reste, il paraît que cet ascétisme, cette haine pour le théâtre n'est que la suite de cette impulsion sourdement communiquée par ces pieux atrabilaires congréganistes, qui ne se contentent pas de se flatter que chaque instant d'hypocrisie ici bas leur vaudra un siècle de bonheur dans une autre vie, mais qu'ils veulent dans celle-ci des gages de la bonté de Dieu.

— Tout ce qui tient au Gouvernement, les hommes en place, les fonctionnaires de toutes les administrations croient devoir ne pas aller au théâtre, et s'ils y viennet contre leurs habitudes, ils y paraissent comme *clapis* en pécheurs honteux dans le fond de quelques loges.

Cependant le Directeur de notre théâtre, soit qu'il cédât aux prières de l'autorité ou bien à un esprit d'intérêt très-mal entendu, retira sa démission et voulut être encore directeur. Il nous apprend dans son Prospectus de l'année 1827 à 1828, et nous devons l'en croire, qu'il a reculé devant des *concessions* non moins importantes que celle de fermer son théâtre une partie de l'année. Or que peuvent être ces concessions ou plutôt leur résultat, si ce n'est la permission de renvoyer des bons acteurs qui coûtaient beaucoup trop aux yeux de quelques personnes pour en appeler de médiocres qui coûtent peu, intéressent moins, et de mettre de côté la tragédie et la comédie; la première, parce que Voltaire et Racine sont de mauvais précepteurs de la jeunesse, que leurs ouvrages rendent l'ame et le cœur inaccessibles au fanatisme, et au pouvoir absolu, et les disposent à cet esprit de liberté qui éclate de toutes parts; la seconde, par ce qu'elle met souvent en scène, expose à la censure et à la risée publique les hypocrites, les méchans et les faux dévots.

L'opéra suffisait aux yeux des hommes à larges concessions, parce que sans doute d'après la maxime du cardinal Mazarin à qui nous le devons en France, le peuple qui entend chanter et qui chante bien, paye de même et cela suffit; et pourtant l'opéra ne devrait pas paraître d'une si grande ressource à nos petits ministres de province. Le cardinal qui ne s'était pas rebuté, nous dit l'histoire, du mauvais succès de son opéra, lorsqu'il fut tout puissant, fit revenir ses musiciens italiens qui chantèrent *le Nozze di Paleo e di Tetide*, en trois actes. Louis XIV y dansa; la nation fut charmée de voir son roi, jeune, d'une taille majestueuse et d'une figure aussi aimable que noble, danser dans sa capitale après en avoir été chassé; mais l'opéra du cardinal n'ennuya pas moins Paris.

Au reste, quoi qu'il en soit des concessions dont parle notre Directeur, il est vrai de remarquer qu'elles ont produit leur effet. Nos bons acteurs de l'année dernière ont quitté Toulouse et sont placés (14 sur les premiers théâtres de France et à Paris même.

M. Martin eut bien tort de retirer sa démission, il devait se retirer lui-même, et il eût emporté toute entière l'estime de ses concitoyens qui lui tient tant à cœur, parce qu'il en est véritablement digne; mais il s'est laissé éblouir par l'appui trompeur qu'on lui a présenté, et les mauvais conseils ont fait le reste. Avec de grands mots empruntés moitié au barreau, moitié aux coulisses, la médiocrité a remplacé le talent sur notre scène. Combien il nous serait facile de prouver ce que nous avançons par l'examen de la troupe, mais il répugne à notre plume de tracer des personnalités contre des artistes toujours malheureux dans leur position, et jamais coupables des mauvaises dispositions d'un directeur. Est-ce la faute, par exemple, à un acteur de l'opéra qu'on lui fasse jouer des rôles de la comédie contre lesquels il proteste lui-même: bien le contraire, il se sacrifie en quelque

sorte

sorte par ses complaisances ; un aveugle mécontentement finit par le poursuivre même dans son véritable emploi. Ah ! plaignons-les plutôt ces hommes, et puisque nous ne méprisons pas les plaisirs qu'ils nous procurent, accordons aux acteurs toute l'estime qu'ils méritent, surtout quand leur conduite privée est honorable.

Nous n'accusons cependant pas la troupe de M. Martin d'être sans mérite, mais, nous le répétons, par l'incurie des conseils de la direction, plusieurs acteurs, avec beaucoup de mérite d'ailleurs, sont déplacés dans leur emploi ; quelques-uns, doués d'heureuses dispositions, ne servent qu'à faire ressortir la nullité de quelques autres. Il y a une telle disparate dans la composition du personnel du théâtre, qu'il est vrai de dire que les vœux de ses véritables ennemis paraissent accomplis, et ceux de la plus aveugle, de la plus présomptueuse administration cruellement trompés.

M. Martin a pourtant senti la fausse position dans laquelle il a été placé ; il fait maintenant des efforts coûteux pour en sortir ; espérons encore s'il n'écoute que son zèle, son honnêteté, et n'agit que de lui-même, car tout n'est pas perdu. Attendons les acteurs qu'il nous a promis, celui qui doit remplacer ce premier rôle de comédie, qu'on a pensé faire oublier en le calomniant si maladroitement. Que le public sans passion, sans esprit de coterie, en juge impartial ne prononce ses arrêts qu'après avoir entendu les acteurs. Quant à nous qui écrivons dans l'intérêt seul du théâtre, nous sommes disposés de nouveau à l'indulgeance, sauf à prendre une autre fois la plume et publier tout ce que nous taisons sur les intrigues de toute espèce dirigées contre nos plaisirs.

Mais il est temps que l'administration de notre ville que nous persistons à croire tout à fait étrangère aux sourdes menées dont nous avons parlé, prenne enfin l'initiative qui lui convient en pareille occurence. Il appartient au Magistrat éclairé, au premier citoyen de la cité, de tendre aux arts et aux sciences d'agrément la même main dont il a sauvé les inondés de *Tounis* et suspendu au Capitole les produits de notre industrie.

L'Abbé d'Aubignac, prédicateur du Roi, dans son ouvrage de la décadence des théâtres s'exprime ainsi : « A mon avis l'un des plus dignes soins de la bonté d'un souverain envers ses sujets est de les empêcher tant qu'il peut d'être oisifs ; de sorte que comme il serait bien mal aisé et qu'il ne serait pas même raisonnable de leur imposer des travaux continuels, il leur faut donner le spectacle comme une occupation générale pour ceux qui n'en ont pas. Le plaisir les y attire sans violence, les heures du repos s'y écoulent sans regrets, ils y perdent toutes les pensées de mal faire et leur oisiveté même s'y trouve occupée.

« Ainsi soit par la considération de la joie qui fait le plus grand bien des hommes, et sans lequel tous les autres n'ont point de douceurs ; soit pour faire paraître la grandeur d'un état dans la paix ou durant la guerre, soit pour inspirer au peuple le courage , ou pour l'instruire insensiblement en la connaissance des vertus , soit pour rémédier à l'oisiveté , l'un des plus grands maux qui puisse être dans un état, les souverains ne peuvent rien faire de plus avantageux pour leur gloire et pour le bien de leurs sujets, que d'établir et d'entretenir les spactacles et les jeux publics avec un bel ordre et avec des magnificences dignes de leur couronne. »

Aujourd'hui toutes nos loiś confèrent aux municipalités, aux maires, l'ordre et la police des théâtres, (loi du 24 août 1790 , loi du 13 janvier 1791 , 2 et 4 août 1793 , 25 pluviose an 4 , décret impérial du 8 juillet 1806 , et les ordonnances postérieures.) Il serait bien urgent de profiter de ces lois pour publier une nouvelle ordonnance sur cette matière dans l'état actuel des choses. — L'abandon des théâtres par le public provient également du peu d'ordre qui y règne ; la police s'y fait d'une si singulière manière ! elle se montre hostile contre ce qui ne devrait pas la frapper, et complaisante pour des désordres qui heurtent ouvertement les bonnes mœurs. On dirait que nous sommes revenus au temps où l'inconduite des spectateurs au théâtre attira l'attention du Roi qui y envoya de ses propres gardes ou suisses, et fit défenses à tous pages et laquais et à toutes personnes de quelles conditions qu'elles fussent, d'entrer au théâtre avec des armes et de ne pas s'y comporter avec décence , étant raisonnable que la sureté publique qui ne peut y être comme dans les palais et dans les temples, s'y rencontrât par l'égalité de ceux qui y assistaient. Au temps où les Dames craignaient de voir des épées nues et d'entendre des immoralités dégoûtantes dans les entractes du spectacle, il était peu fréquenté par les honnêtes gens et demeurait décrédité comme un simple *batelage*, et non pas estimé comme un divertissement honnête.

Il nous semble qu'il serait enfin facile de mettre un terme aux indécences qui se débitent journellement au théâtre. Les agens de la police qui saisissent tous les jours au milieu du parterre des jeunes gens qui ont acheté à la porte le droit de siffler un mauvais acteur, ne pourraient-ils pas aussi arrêter les auteurs des cyniques propos qu'on entend ? mais la conduite de la police de notre temps, quoiqu'elle en dise, ne paralyse-t-elle pas toujours le bien que l'administration se propose ? Que fait-elle au théâtre, nous le demandons ? elle attend le désordre, et ne fait rien pour le prévenir. Que de reproches accablans nous pourrions lui adresser, mais qui nous entraîneraient à des considérations d'ordre public étrangères à notre sujet ! Nous la retrouverons une autre fois.

Le public devrait de son côté se respecter lui-même et se prêter à une police mutuelle qui lui épargnerait souvent la vue désagréable d'une foule d'agens subalternes qui semblent tout exprès glissés parmi les citoyens comme en diminution de la somme de plaisirs qu'on va chercher dans les jeux publics.

En Angleterre, en Amérique, la police et la force publique de l'intérieur sont nulles, c'est que dans les pays libres la chose publique intéresse tout le monde, tandis qu'à Constantinople tout est à la merci du Sultan.

Les français ont de tous les temps occupé le premier rang parmi les nations les mieux policées. On a toujours distingué à l'étranger le français à ses formes polies. Notre nation a été comparée aux Athéniens par son urbanité ; aujourd'hui même en Europe on appelle les *Suédois* qui se distinguent aussi par leur politesse, *les Français du nord*. Pourquoi donc à Toulouse ne ferions-nous pas partie en tout de la grande nation ? quand nos arts, nos sciences, notre industrie sont prêts à effacer la *ligne noire* que *Charles Dupin* a tracé sur notre province, nos manières civilisées resteraient en arrière ! La vive imagination des peuples du midi serait-elle donc inséparable d'une brusquerie (15 qui la dépare ? Loin de nous cette pensée, nous croyons au contraire les habitans de Toulouse en particulier dignes de marcher en toute chose sur la même ligne que les peuples du nord.

Mais, nous dira-t-on, censeur des abus, donnez donc des moyens efficaces pour réhabiliter cette portion des arts d'agrément que vous voulez protéger, dites-nous ce qu'il faut faire pour relever le théâtre de Toulouse de la déchéance de ses privilèges. Nous pourrions répondre, faites avant tout disparaître les abus que nous vous avons signalés et il restera bien peu à faire. Cependant essayons de ne pas mériter les reproches trop souvent adressés aux auteurs qui signalent les abus ; donnons aussi quelques règles à suivre, et hâtons-nous de terminer cet opuscule, crainte de dépasser les limites du pamphlet.

Nous l'avons dit, jamais l'occasion ne fut plus opportune de rétablir l'ordre qu'alors qu'il est prêt à s'enfuir. Rappelez-le donc cet ordre avec une volonté ferme et bien entendue ; rompez les reseaux de la congrégation et du jésuitisme jettés sur notre théâtre. Souffrez, hommes du pouvoir, que par cela même que vous êtes hommes, on vous dise que vous n'êtes pas sans erreur, et ne la deversez pas cette erreur sur les écrivains qui veulent vous éclairer, qui le font sans fard, il est vrai, mais que vous devez plutôt croire que vos subordonnés malheureusement intéressés à vous tromper comme les courtisans à cacher aux Rois la vérité.

Magistrats administrateurs, abandonnez surtout dans les ornières du vieux régime, la croyance que vous seuls avez le mandat spécial de signaler le mal et de faire le bien. Aujourd'hui ce serait ne pas sortir du théâtre des illusions que de penser que le bandeau de l'ignorance comme du despotisme peut rester appliqué sur nos yeux. Que votre adage suranné : *l'administation né se trompe et ne recule jamais*, (16 ne sorte pas plus de votre bouche que de vos cartons. Sous le gouvernement que nos pères ont conquis et que nous voulons conserver, chaque citoyen est une sentinelle avancée du bien public ; dès qu'il aperçoit le mal et les abus, il doit leur crier : *qui vive !* et en prévenir la société, alors surtout que l'autorité sommeille.

Les règlemens particuliers sur les théâtres, sont vieux ou inexécutés, publiez-les de nouveau ou faites-en d'autres, vous en avez le droit; la localité vous appartient, et peut-être que le bien que vous ferez ici le provoquera ailleurs, de même que l'établissement de vos belles fontaines, est déjà imité.

La direction du théâtre de Toulouse va bientôt s'échapper des mains inhabiles qui la conduisent encore. Annoncez-le par des affiches et par les journaux comme vous annoncez la vacance de tout autre entreprise publique, et il se présentera bientôt un grand nombre de concurrens, parmi lesquels il vous sera facile de faire un bon choix : si au contraire vous paraissez ne pas vous occuper des soins de pourvoir au remplacement du directeur actuel, il en sera l'année prochaine comme des années qui viennent de s'écouler; il ne pourra y avoir qu'un homme désespéré qui prenne la direction au dernier moment; son prospectus sorti du cabinet d'un avocat comme Minerve de la tête de Jupiter, viendra tout armé de fausses promesses, demander au public de la bienveillance pour la première année d'un privilège qu'il abandonnera immédiatement, et notre théâtre, après avoir long-temps chancelé; devra nécessairement tomber tout à fait.

Mais à qui le public pourra en attribuer la faute, si ce n'est aux magistrats qui doivent traiter de ses intérêts en toute chose? nous pensons donc qu'à l'exemple de la ville de Bordeaux, on doit se presser de se procurer un directeur, surtout M. Martin ayant déclaré formellement ne vouloir plus l'être, et les engagemens des acteurs pour l'année théâtrale prochaine se fesant déjà dans les premières villes.

Quant au choix à faire de la personne d'un directeur, ne faudrait-il pas enfin exiger moins de *ces garanties politiques* et plus de probité naturelle ? plus d'une fois ces sortes de garanties ont couvert dans l'homme des désordres honteux. Nous espérons ici que M. Martin ne prendra pas la remarque pour lui, au contraire, et notre plume se plaît à le tracer souvent ; l'honnêteté du directeur actuel sera aussi à regretter que ses mauvais conseils le seront peu.

Il serait très-sage dans l'intérêt public et des pensionnaires d'une direction, d'exiger du directeur un cautionnement. La haute administration abuse si souvent de cette mesure envers ses employés, qu'il peut bien être permis aux magistrats d'une ville d'en user pour un but d'utilité générale. Si l'on éprouvait trop de difficulté pour obtenir à la fois un cautionnement, on pourrait se l'assurer en prélevant insensiblement sur les représentations une somme quelconque. Convertir un secours en cautionnement, serait encore chose préférable à toute autre mesure. Par ce moyen, si l'entreprise manquait jamais à ses engagemens, on assurerait le salaire des acteurs, et ceux-ci sachant dans une ville une semblable garantie, s'y rendraient de préférence ; les plus honorables d'entr'eux, ceux qui auraient le plus de talent brigueraient de venir sur un théâtre où ils trouveraient toute sureté, et l'on conçoit aisément l'avantage qu'en retirerait le public lui-même. Vainement on objecterait que le ministre seul nomme les directeurs; le ministre accepterait toujours de préférence l'homme qu'on lui présenterait, et dans le cas contraire, la commune aurait un moyen immanquable d'y obliger l'*excellence* en refusant tout secours au privilégié : c'est un puissant motif que le refus d'argent. . . . . !

Mais pour pouvoir refuser une subvention au théâtre, faudrait-il enfin qu'on se décidât à l'accorder et qu'on ne souffrît plus que les beaux arts, qu'on couronne dans une des salles du Capitole, tendissent la main à la porte d'une autre.

Pourquoi ne pas imiter l'exemple des villes que nous avons désignées ? pourquoi ne pas donner le même encouragement à nos plaisirs utiles ? cela ne vaut-il pas mieux que de troubler la cendre des rois de France en conspirant par le rappel des jésuites contre l'université *leur fille aînée ?*

Quelque soit le respect dû à la propriété, aux entreprises du commerce alors qu'elles ont des rapports avec l'intérêt public, l'autorité a tous les droits d'en pénétrer la marche; mais ces droits seraient bien plus efficaces si la ville accordait un secours au théâtre; elle pourrait exiger à des époques où l'on peut encore remédier à un mauvais choix qu'on lui fit connaître la composition de la troupe, tandis que la plupart du temps l'autorité n'a connu le nom des nouveaux acteurs que par le prospectus qui presque toujours paraît seulement après le départ des anciens.

Si nous passions maintenant des avis que nous venons de donner à l'autorité à ceux dont les Directeurs ont autant de besoin , nous n'acheverions pas ; heureusement que pour peu qu'ils soient éclairés l'intérêt personnel devra leur servir de guide. Pour nous , bornonsnous à leur répéter d'éloigner de leurs conseils ces hommes dont la suffisance est égale à l'ignorance , qui sans aucune connaissance du théâtre en parlent cependant avec la plus sotte vanité. Leur goût, s'ils en ont, n'a pu se former par la comparaison d'aucun autre théâtre , et ils prononcent néanmoins en dernier ressort sur les talens d'un acteur qui est plutôt écrasé des louanges de pareils hommes que des sifflets du parterre.

Que les Directeurs s'apercevant enfin de l'utilité pour eux d'un conseil formé d'un petit nombre de gens de lettres , s'en entoure toujours , et réserve les hommes de loi pour les procès.

En terminant nos conseils aux directions futures, nous éprouvons encore une fois le besoin de rendre un dernier hommage aux intentions de monsieur Martin ; nous désirerions même qu'il conservât encore le privilège du théâtre , s'il était possible, qu'il abandonnât les conseils qui ont voulu le compromettre aux yeux de ses concitoyens, qui ont précipité la direction de David , et qui se proposent peut-être encore de perpétuer leur présence sur notre théâtre à l'aide de quelque *prête-nom* dont ils savent si bien abuser. Nous sentons le besoin de prémunir le Directeur futur quel qu'il soit , des intrigues de toute espèce qui le menacent déjà. Nous devons le prévenir qu'il aura peu de chose à faire pour contenter le public, s'il a la bonne foi de son prédécesseur et ses entourages de moins.

Quant aux devoirs de la haute administration envers les théâtres, il serait trop long de les écrire ; nous les avons en partie trouvés dans les paroles que nous avons citées de l'abbé d'Aubignac. L'utilité des théâtres en France est une chose trop bien sentie pour qu'on puisse excuser le peu de soin qu'on a de les diriger dans un but national.

Il est vrai qu'un homme d'un génie immortel, le citoyen de Genève, lorsqu'il a attaqué les théâtres et les comédiens, semble avoir transformé un préjugé populaire en une vérité philosophique ; mais Rousseau ne parlait qu'à sa patrie, c'est-à-dire, à une petite république où l'égalité et la liberté ne pouvaient se maintenir que par une extrême sévérité de mœurs. « Ce n'est qu'aux genevois, a dit M. Briois de Beaumet à l'assemblée constituante, que Rousseau pouvait adresser cette apostrophe : *Qu'auriez-vous besoin d'aller chercher des émotions aux théâtres ? n'avez-vous pas des femmes et des enfans ?* dans les grandes villes de France et surtout dans cette immense Capitale, une multitude de citoyens de toutes les classes de la société pourraient lui répondre : *Non, nous n'avons ni femmes ni enfans ; et pour traîner avec courage le poids de la vie, nous devons choisir entre des voluptés qui nous corrompraient et ces émotions du théâtre qui peuvent nous rendre meilleurs.* »

Napoléon, au milieu de ses pénibles conquêtes, avait aussi pensé aux théâtres. Son intention était de les réunir en une seule direction générale pour toute la France ; un travail avait même été préparé, tant pour relever l'art dramatique, que pour améliorer la position sociale des comédiens. Déjà l'assemblée nationale les avait reconnus dignes de l'éligibilité comme les autres citoyens, et avant cette époque dans une disposition de cette belle ordonnance d'Orléans, l'un des titres de gloire du chancelier l'Hôpital, il avait été expressément défendu de répandre le blâme et l'injure sur l'état de comédien lorsque dans les pièces qu'ils jouaient ils respectaient les mœurs.

Aujourd'hui que des principes fondamentaux sur l'égalité de tous les français sont inscrits par le monarque législateur au frontispice de l'édifice constitutionnel, que l'article 1.ᵉʳ de la Charte est à la fois l'expression d'un sentiment paternel, qui confond tous ses enfans dans une affection commune, et celle de la volonté d'un Roi qui trace des règles éternelles de conduite aux ministres de tous les temps, ne serait-il pas juste qu'on s'occupât d'un objet d'un si grand intérêt. Mais nos hommes d'état ne fouillent dans les lauriers et les couronnes de l'empire que pour y puiser les attaches du déspotisme comme ils ne regardent dans la Charte que pour en effacer les libertés de la nation.

Terminons cet écrit par l'exemple des anciens qui avaient senti toute l'importance des spectacles, puisque la philosophie des Grecs et la majesté des Romains, appliquèrent leurs soins à les rendre aussi respectables qu'éclatans aux yeux des peuples, ils les entourèrent de respect en les consacrant toujours à quelqu'un de leurs dieux, et les mettant sous la protection des premiers magistrats de leur république ; il les rendirent éclatans en tirant la dépense des trésors publics.

C'était peu néamoins pour ces peuples que de jouir ainsi de leurs théâtres, s'ils n'en eussent fait part à toutes les autres nations. Les Grecs les portèrent dans l'Asie, et les Romains dans l'Afrique et en Europe. Ils ne voulurent pas seulement donner leurs dieux et leurs loix aux peuples qu'ils avaient soumis, ils y ajoutèrent encore leurs jeux et leurs spectacles, pour faire voir que leur domination n'était pas tyrannique mais bienfaisante, qu'ils n'avaient pas pris les armes pour détruire les peuples mais pour les rendre heureux ; ils pensaient qu'il eût manqué quelque chose à leur félicité, s'ils ne l'eussent communiqué à toute la terre.

Le théâtre de Sarde, dans l'Asie Mineure, celui de Carthage en Afrique et ceux de Douai, de Nîmes et d'autres dans les Gaules, en sont de témoignages certains, bien qu'il ne nous en reste que des ruines ; et lorsque le Grand Constantin transporta le siège de l'empire dans cette ville célèbre par les monumens qu'il y fit et par son nom qu'il lui donna, il voulut y transporter aussi les jeux du cirque et du théâtre afin de montrer qu'il n'y voulait pas seulement établir la puissance et la richesse mais aussi toutes les jouissances qu'un souverain pouvait donner à son peuple.

Imprimerie de Benichet aîné, rue de la Pomme, N.° 22.

NOTES.

1) Que l'expression de *diminution d'utilité* n'allarme pas les puristes, aussi bien auraient-ils trop à faire avec nous : le mot *diminution* comme celui *d'économie d'une peine* au lieu de *peine douce* que nous avons employé dans une autre circonstance, appartient à cette école moderne dont le système de philosophie est basé sur *l'utilité du plus grand nombre*, ce système que l'aristocratie a en horreur et que l'honorable et savant Grappe, professeur de la faculté de droit de Paris, enseignait à ses élèves.

2) Monsieur Méchin, un des orateurs les plus distingués de l'opposition.

3) Les cours que l'on a supprimés dans nos écoles publiques sont très-nombreux, ceux de monsieur Guizot et Cousin à Paris, ceux du droit naturel et des gens, d'histoire du droit, de droit administratif, etc. etc.....

4) Il faudrait lire le pamphlet des pamphlets de *Paul-Louis Courrier*, car l'on ne sait bien ce qu'est un pamphlet qu'après cette lecture. Selon quelques personnes et le dictionnaire de l'académie, *pamphlet* est un mot anglais, qui signifie brochure, selon le ministère public, pamphlet est une *chose vile*, un écrit d'une ou deux feuilles contenant le poison d'un livre in-4.° — Les lettres provinciales de Pascal étaient des pamphlets contre les jésuites. Qui ne voudrait pas être *pamphletaire* comme Pascal et comme Paul-Louis Courrier ?

5) En Province la presse est libre comme à Paris. Parbleu, vous nous la dites belle ! Toulouse est le chef-lieu du département de la Haute-Garonne, un des 86 de ceux qui forment la France pour laquelle les lois sont faites. Vous me la donnez bien plus belle. Et les Préfets, et le zèle qui dépasse les vœux des ministres, sauf à le blâmer avec indignation à la tribune de la chambre des députés sous toute réserve dans les circulaires. Et les imprimeurs qui se plaignent qu'on veut en faire des gens d'esprit, le tout pour leur enlever leur brevet, leur état ; tenez, il y a tant à dire que je me tais. Oui, la presse est libre !

6) Cette ordonnance sur les théâtres des départemens était bien attendue ! Prenez quelque chose en attendant le dîner que nous ne vous donnerons pas, ont dit les ministres, et voilà l'ordonnance.

La loi tant attendue reste dans les cartons. Si l'on pouvait timbrer les comédiens on la verrait bientôt paraître.

7) Censure : « Esprits indépendans des caprices du pouvoir, livrez-vous à vos nobles inspirations, faites parler dans vos vers la liberté, la justice et l'honneur ; évoquez les mânes des grands hommes que révolta la servitude ; démasquez les traîtres et les hypocrites religieux, les tartuffes, politiques, les flatteurs de la puissance, les délateurs, les lâches ambitieux ; peignez la vertu modeste, le talent aux prises avec l'infortune, le mérite sacrifié aux cabales, le bon droit méconnu, l'adulation récompensée, raillez nos petits grands hommes sur leur prétention, chansonnez les éternels thuriféraires de tous les gens en place; écrivez enfin sous la dictée de votre conscience : la censure est là, instrument actif de toutes les volontés, protectrice de tous les ridicules et champion de tous les intérêts de coterie, elle va, dit-on, nous être donnée. Chut ! »

8) Presque tous nos directeurs des théâtres ont fait faillite — Monsieur Martin qui est [un honnête homme, qui paye bien ses pensionnaires, fait avec sa troupe faillite de] talens à notre scène. Mais il fait venir des fonds.

9) *Chorague*, c'était le nom des entrepreneurs des spectacles au 13 ᵐᵉ siècle, nous dit l'abbé d'Aubignac, ce mot vient peut-être de *chorège*, se prononçant korège, qui signifiait chez les grecs celui qui présidait à la dépense du théâtre.

10) Dilettanti : tout le monde peu ou prou connaît ces messieurs-là, nous en avons ici qui, du temps veulent arrêter les ailes infatigables sans penser qu'il ne s'arrête que sur les talens. Ce sont de vrais courtiers des beaux arts. Arrivet-il un artiste distingué, ils volent chez lui. Tous les soins officieux sont mis en avant pour avoir *leur ordre*; ils l'obtiennent, font valoir la marchandise par des *bravo* au *bouffe* italien, et des *brava* à la comédie française. Ils saluent tous leurs amis, nous-mêmes qui parlons avec un air de protection admirable.

11) Le Maire peut-il en conscience payer chez lui une loge ? la salle du théâtre lui appartient. Mais le Préfet, le Général et d'autres, ne sont pas chez eux ; ont-ils reçu de la mairie un billet de logement au théâtre avec place au feu et à la chandelle ? Nous pensons s'ils ne payent pas, qu'il est de leur délicatesse de le faire, parce qu'au demeurant ils ont de quoi, nous le savons par le budget.

12) Lettre d'un étudiant à M. Benjamin Constant, Député.

13) Le principe de *l'ascétisme* est précisément le rival, l'antagoniste de celui *de l'intérêt du plus grand nombre et de l'utilité générale*. Ceux qui les suivent ont horreur des plaisirs. Tout ce qui flatte les sens leur paraît odieux ou criminel. Ils fondent la morale sur les privations, et la vertu sur le renoncement à soi même, en un mot, à l'inverse des partisans de l'utilité, ils approuvent tout ce qui tend à diminuer les jouissances, ils blâment tout ce qui tend à les augmenter.

14) M.ᵐᵉ Valeri, M.ˡˡᵉ Patrat, à Lyon. M. Jourdain, à Metz. M. Mangin, à Rouen. M Dericourt et Siran, à Paris.

15) Les représentations de la célèbre M.ˡˡᵉ Mars ont attiré au théâtre, comme on l'a vu, une grande affluence. Le public, dont la galanterie envers les femmes redouble quand elle ne les voit pas au premier rang de nos plaisirs, a fait la guerre à quelques cavaliers qui pensaient pouvoir se placer entre un beau visage et le parterre. Le public est-il en droit de faire ainsi la loi à des cavaliers qui, comme les femmes, ont payé leur écu à la porte ? Un homme de loi, pour sûr, vous dira que le public a tort, il le soutiendra même à toute la police, mais nous pensons que le public a raison, et si certains hommes de loi résistent tant aux droits des femmes, c'est que Thémis en est une.

16) M. Martin devait-il ajouter quelque chose à son affiche et faire couronner le buste de Molière sans consulter l'autorité ? Non. Parce que M. Martin savait bien qu'il allait donner de plus que ceux qu'il avait annoncé d'abord, un spectacle agréable au public, et il devait se conformer aux règlemens.

Monsieur le Maire a le droit incontestable d'empêcher un spectacle dont l'affiche ne lui a pas été communiquée ; mais use-t-il toujours de ce droit et voyons-nous des arrêtés sortir de ses bureaux pour les changemens de spectacle qu'il plaît tous les jours au Directeur de faire aux affiches ? Empêcher le couronnement de Molière était une chose agréable aux tartuffes enfroqués ou sans frocs, en robe ou en manteau, en soutane ou en uniforme, mais c'était aussi une privation publique, un désappointement inattendu qui pouvait occasionner des désordres, parce qu'un grand nombre de personnes avaient déjà pris leurs places avant qu'on affichât l'arrêté de Monsieur le Maire, et n'avaient pu par conséquent en avoir connaissance.

Il eût été plus sage de laisser couronner Molière et de punir Monsieur Martin de son infraction aux règlemens.

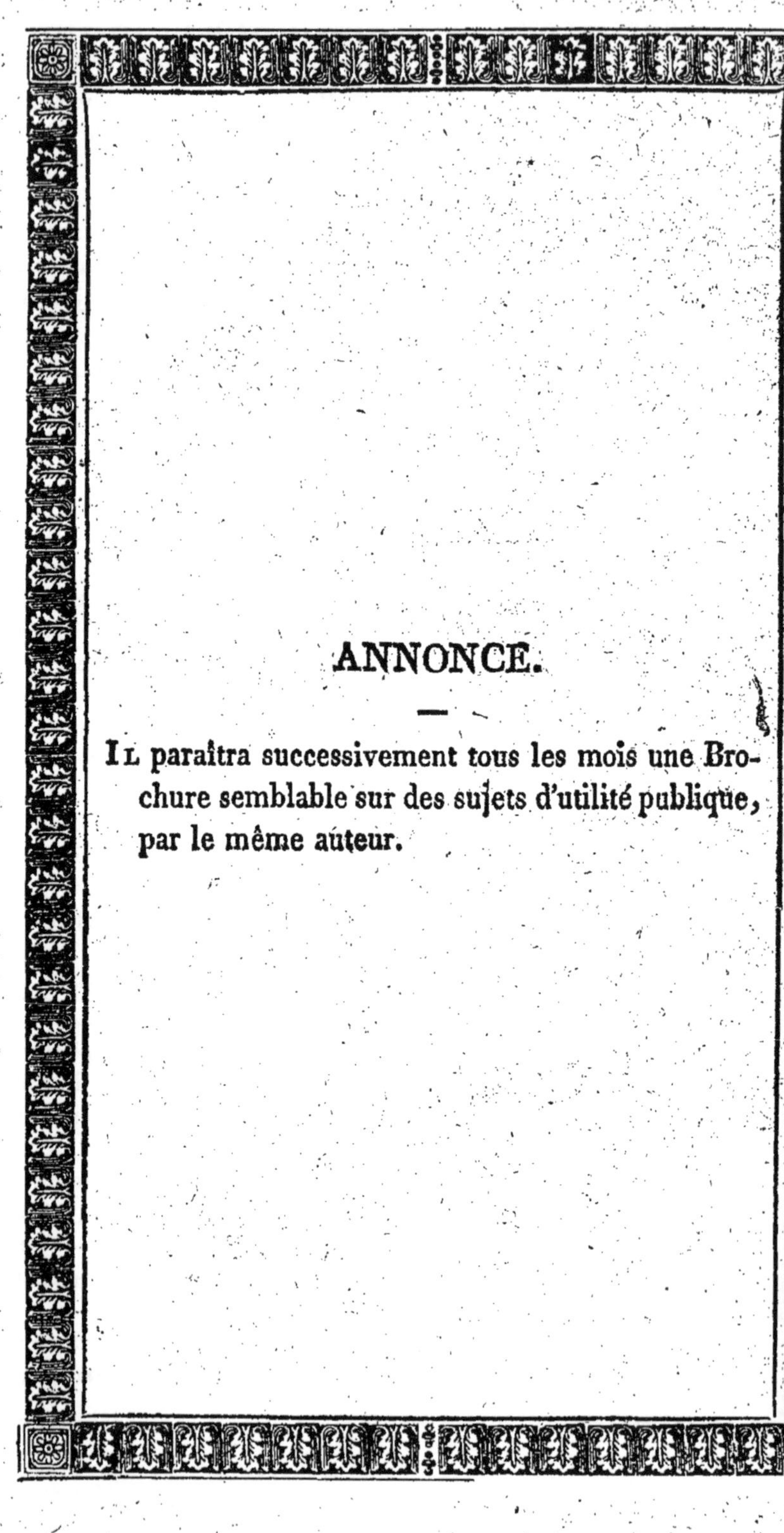

ANNONCE.

—

Il paraîtra successivement tous les mois une Brochure semblable sur des sujets d'utilité publique, par le même auteur.